Lichtspiele
MEDO

Heribert R. Brennig

Die Deutsche Nationalbibliothek verzeichnet diese Publikation in der Deutschen Nationalbibliothek; detaillierte bibliographische Daten sind im Internet über http://dnb.d-nb.de abrufbar.

Umwelthinweis:
Dieses Buch wurde auf chlorfrei gebleichtem Papier gedruckt.

© 2024 Heribert R. Brennig
Herstellung und Verlag:
BoD – Books on Demand, Norderstedt
1. Auflage
Layout und Cover: Manuela Wirtz, Schüller
Coverbild: Manuela Wirtz

ISBN: 9783756812820
Printed in Germany

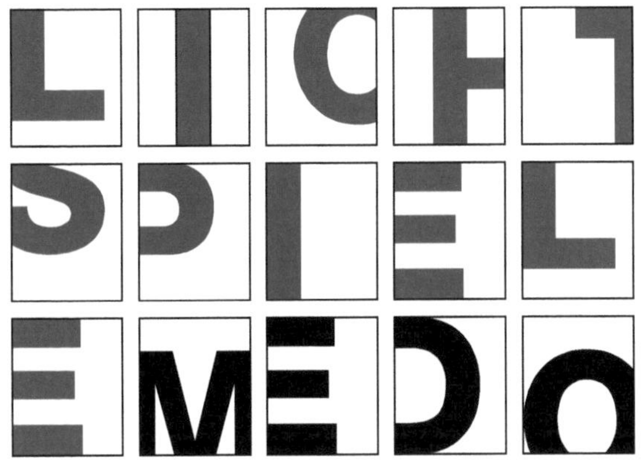

Heribert R. Brennig

D'aquila non nasce colomba.

Ein Adler wird nicht als Taube geboren.
Italienisches Sprichwort

Unseren Eltern

Charles de Paeuw. Öl auf Leinwand. Privatbesitz, Krefeld und Moers

I.

Eigentlich hieß er Leon.

Aber weil er an einem besonderen Tag, dem 24. Dezember, geboren worden war, hatte seine Mutter hintersinnig darauf bestanden, den zweiten Buchstaben seines Vornamens mit einem Trema zu versehen. Das machte auch ihn zu etwas Besonderem.

Zumindest wenn man seinen Namen schrieb und rückwärts las: Lëon. LËON.

Aber gerufen wurde er von seinen Leuten manchmal, von seiner Großmutter – seiner Baka – immer, „Medo. MEDO".

Das bedeutet Bärchen und ist ein kroatischer Kosename.

Er lebte mit seiner Familie in Delnice, einer Stadt im Gorski Kotar. Jener Hochebene im grünen Herzen Kroatiens, wo es tatsächlich neben Wölfen und Luchsen noch immer Braunbären gibt. Vielleicht hatten sie ihn Bärchen gerufen, weil er am Anfang etwas tapsig war. Vielleicht aber auch, weil ein Bärchen sein Lieblingsspielzeug gewesen ist, von dem er sich nie trennen wollte, auch als es bereits sehr mitgenommen und ramponiert aussah. Im Laufe der Zeit war es mehrfach „notoperiert" worden. Diese „Operationen", von seiner Großmutter ausgeführt, die in Mali Lug, einem Dorf nicht weit von Delnice entfernt lebte, hielten es zusammen. Ohne verstärkende Nähte und angeheftete Augen wäre sein Bärchen längst auseinandergefallen und stockblind gewesen.

Nach dreizehn Jahren, in denen es Lëons ständiger Begleiter war, in denen es einiges mitgemacht hatte und über sich ergehen lassen musste, war sein dunkelbrauner Pelz räudig und speckig geworden und roch ein wenig streng nach Wild. Das störte Lëon nicht. Er schämte sich seiner nie. Im Gegenteil. Er war stolz auf ihre jahrelange Freundschaft und die gemeinsam verbrachte Zeit. Und auf die Spuren, die sie auf ihm hinterlassen hatte.

Lëon verteidigte es tapfer gegen Waschpulver und Seifenlaugen, mit denen seine Mutter ihm zu Leibe rücken wollte. Wenn Lëon wohlduftende Seife hätte riechen wollen, dann hätte er an einem Stück parfümierter Seife geschnüffelt, aber nicht an seinem Teddy. Ihn einer geruchlosen, sanften chemischen Reinigung zu unterziehen, wie sein Vater vorgeschlagen hatte, wäre ihm wie Folter vorgekommen. Es wäre Lëon grausam, brutal und äußerst undankbar erschienen, ihn mit schmutzigem Zeug anderer Menschen in eine Wäschetrommel zu sperren, ihn ständig untertauchen und zum Abschluss mit irrwitzigem Tempo trockenschleudern zu lassen, wovon ihm sicher schlecht geworden wäre. Von den ätzenden Chemikalien, von denen er wusste, dass man sie nicht in Mund und Augen bekommen durfte, weil sie „ungesund" waren, ganz zu schweigen.

Von Zeit zu Zeit, wenn ihre gut gemeinten „Vorschläge", dem „Stofftier" ein Bad zu spendieren, auf Lëon niederprasselten, versteckte er sein Bärchen vorsichtshalber vor ihnen, sodass es für seine Eltern unauffindbar blieb. Manchmal rettete seine Großmutter es in letzter Sekunde vor deren Zugriff, wenn Lëon einmal, was selten vorkam, in größter Eile ohne es unterwegs war und sie im Haus ihres Sohnes zufällig zu Besuch weilte.

Eines Tages gaben seine Eltern es auf, ihn mit ihren fixen, nahezu zwanghaften Waschideen zu bedrängen. Was aber nicht bedeutete, dass sie Lëons Beweggrund verstanden hätten. Wenn er die Abenteuer riechen und erinnern wollte, die er mit ihm erlebt hatte, brauchte er nur an ihm zu schnuppern. Chemisch gereinigt und geruchlos geworden wäre ihm sein Kuscheltier vorgekommen, als hätte es sein Wesen verloren, als hätten sie ihm die Seele geraubt.

Auch Lëon hatte sich im Laufe der Jahre verändert. Allerdings in ganz anderer Weise als sein Kuscheltier. Im Gegensatz zu ihm war er schöner, beeindruckender, vollkommener geworden. Das Tollpatschige, Unbeholfene, Ungeschickte hatte er abgelegt. Er war zu einem hübschen, gut trainierten Jungen herangewachsen, der, strohblond, aus blaugrünen Augen, wach, klug und freundlich jedem, der ihm begegnete, entgegensah. Wenn er lächelte, zeigte sich eine schmale Zahnlücke zwischen den Schneidezähnen, was ihm einen besonderen Liebreiz verlieh. Dazu steuerten der kleine, volllippige Mund, die leicht nach oben gebogene Stupsnase, die dunkelblonden Augenbrauen, die langen Wimpern, die kleinen, enganliegenden Ohren und die gesunde, rosigfarbene Haut seines ovalen Gesichts das ihre bei. Sein Teint war, noch von keiner pubertären Gärung gezeichnet, makellos, kraterfrei.

Neben seinem anziehenden Äußeren besaß er Eigenschaften und Vorzüge, die sich alle Eltern von ihren Söhnen wünschen. Er war ein guter, lernbereiter, neugieriger Schüler, zeigte sich im Umgang mit anderen aufmerksam, höflich, hilfsbereit, war sensibel und sympathisch. Nur was sein „Maskottchen" anging, blieb er eigensinnig, unzugänglich, unbelehrbar, stur. Er weigerte sich strikt, es aufzufrischen, aufzuhübschen oder es sogar durch ein intaktes, attraktiveres, kultigeres Exemplar zu ersetzen. Das war einer der wenigen Konfliktpunkte, die es zwischen ihm und seinen Eltern immer wieder einmal gab.

Auch wenn das mehr als Dichtung, denn als Wahrheit erscheint – Lëon war ein Junge wie aus dem Bilderbuch.

Fast jedenfalls.

Was Lëons Freunden Respekt einflößte, seine Freundinnen in Erstaunen versetzte, seinen Vater mit Stolz, seine Mutter mit Sorge und seine Großmutter mit Panik erfüllte, waren seine fehlende Furcht und sein völliges Freisein von Angst. Er scheute kein Risiko. Jede Herausforderung nahm er bedenkenlos an. Ja, er war geradezu süchtig nach dem nächsten Kick, versuchte ständig Neues auszuprobieren, seine Grenzen auszutesten und zu erweitern. Immer wollte er der Erste sein. Es war nicht möglich, ihn zu zügeln und im Auge zu behalten. So überwand er, als er erst vier oder fünf Jahre alt war, bei einem Urlaub in der Provence während eines Stiertreibens in einem unbeobachteten Moment die Absperrungen am Straßenrand und versuchte, einen der jungen Stiere, die durch das Dorf getrieben wurden, bei den Hörnern zu fassen, oder ihn wenigstens, „wie die Großen", am Schwanz festzuhalten. Dass er dabei fast niedergerannt wurde und unter eines der Tiere geriet, machte ihm nichts aus.

Mit dreizehn Jahren hatte er Freeclimbing, Eisklettern, Motocross, Mountainbiking, Ski und Snowboarden ausprobiert. Und als es darum ging, mit einem Fallschirm aus einem Flugzeug zu springen, hatte er auch dies – ohne mit der Wimper zu zucken – gemeinsam mit einem Tandem-Master aus viertausend Metern Höhe gemacht.

Wovor andere sich fürchteten, zog ihn magisch an: steile Pisten zum Beispiel, tiefe Schluchten und Abgründe, extreme, senkrecht abfallende Felswände oder atemberaubende Geschwindigkeiten. Sein Mut, seine Bärenkräfte und seine Ausdauer schienen vom Urgroßvater auf den Urenkel übergegangen und dabei noch verstärkt worden zu sein. Weil er es mochte, wenn mit harten Bandagen gekämpft wurde, schaute er sich, was ihm niemand angesehen oder zugetraut haben würde – noch immer wirkte sein Welpencharme –, am liebsten Eishockey, Rugby und American Football an.

Er war auch der einzige von allen, die er kannte, der sich vor nichts ekelte, sondern neugierig jede Speise, jede Frucht, jedes Gebäck probierte – einfach um herauszufinden, was es so alles gab und was anderen Leuten schmeckte. Selbst vor Vogelspinnen, mit etwas Zucker, Salz, Knoblauch und Chilli frittiert, die in der kambodschanischen Stadt Skun als Delikatesse gelten, wäre er nicht zurückgeschreckt, wenn er die Gelegenheit gehabt hätte, diese dort zu probieren.

Sein Vater hatte ihn oft auf Reisen mitgenommen. Er hatte ihm nicht nur Metropolen wie Tokyo, New York, Amsterdam oder London, sondern auch anderes von der Welt gezeigt. Sie waren in Australien unterwegs gewesen, hatten eine Safari im Ngorongoro-Naturschutzgebiet gemacht, hatten zusammen Island, Grönland, den Yosemite und den Death-Valley-Nationalpark erkundet.

Im Moment befand sich Lëon mit seinen Eltern und seiner Großmutter im Nordwesten Rumäniens – beide Frauen waren diesmal mitgekommen, weil es eine harmlose Vergnügungsreise, eine Art „Familienausflug", und keiner dieser Abenteuerurlaube war, die sie lieber „ihren beiden Männern" überließen –, um sich das Salzbergwerk „Salina Turda" anzusehen. Bereits die Römer hatten hier Salz abgebaut. Seit 2010 war das Bergwerk ein Freizeitpark. Es gab ein Riesenrad, einen See, ein Amphitheater und andere

Attraktionen. Diese mochte es, vielleicht zahlreicher und spaciger, auch in anderen Freizeitparks geben. Doch hier lag all dies 120 Meter tief unter der Erde, was ihn und alles in ihm einzigartig machte. Lëon war gespannt.

Aber nicht nur diese Welt der harmlosen Vergnügungen im Inneren der Erde interessierte ihn. Sondern auch alles, was über der Erde lag. Denn in den umgebenden Wäldern hatte Vlad Dracula, der Pfähler, wie es hieß, sein Unwesen getrieben. Da waren bizarre Geschichten im Umlauf. Geschichten, die offenbar noch nicht Geschichte waren. In den Häusern der Region wurden noch immer Kreuze und zu Zöpfen geflochtener Knoblauch aufgehängt, um sich vor Vampiren zu schützen.

Lëon genoss es, bis zum Einbruch der Nacht mit seinem Bike auf unbefestigten Wegen durch die Wälder Siebenbürgens zu rasen. Der Wald gefiel ihm, und wenn er einmal Rast einlegte, probierte er wie ein Food Scout neugierig alles aus, was ihm in seiner Umgebung essbar erschien.

Als ihm bei seiner Fahrt durch den verfluchten Wald von Hoia-Baciu mit Bäumen, die Augen zu haben schienen, deren Geäst wie Fangarme und deren aufgeplatzte Rinden wie Ein- und Ausgänge oder Gespenster dastanden, also als ihm bei seiner Fahrt durch diesen schrecklichen Wald die Zweige der Buchen, Eichen, Erlen und Birken ins Gesicht schlugen, lachte er nur laut auf, beschleunigte das Tempo und schrie „Uhvati me, šupak". „Fang mich doch, Arschloch!"

Lëon konnte ein Charmebolzen sein – aber manchmal redete und benahm er sich doch wie ein flegelhafter Gassenbengel. Er war eben keine Figur aus dem Märchen, sondern ein Junge aus Fleisch und Blut.

II.

An welchem Tag und in welchem Augenblick es geschah, war ihm nicht mehr erinnerlich. Doch dass es sich in Siebenbürgen oder, wie es auch genannt wird, in Transsylvanien ereignet hatte, vielleicht bei seinem Ausflug mit dem Mountainbike, das steht fest.

Zunächst war alles schwarz. Aber dann befand sich Lëon plötzlich inmitten eines riesigen Feuerwerks. Funkelnde, glimmende Schauer von Gold und Silberregen prasselten auf ihn nieder. Sie umgaben ihn, ohne zu verlöschen. Es war, als würde er unter einer gigantischen Regendusche stehen. Nur dass aus ihrem riesigen Brausekopf kein Wasser, sondern dieser grandiose Glitzer kam.

Die Funken taten ihm nicht weh – wie die einer Wunderkerze, deren Wirkung er einmal auf seiner Hand gespürt hatte. Sie kamen ihm vor wie Wattebäusche, von denen er getroffen wurde, angenehm, sanft, federleicht. Dennoch war es laut, als sie auf ihn herabregneten. So laut, als würde ein Granatenhagel über einem Schlachtfeld niedergehen. Eigentlich genau der richtige Sound für Lëon, der sich fühlte wie Goldmarie im Märchen von Frau Holle.

Nur, dass er natürlich keine Marie war und auch keine sein oder werden wollte.

Auf das Glitzern folgten Explosionen in allen denkbaren Farben. Bunt, grell, satt, kräftig. In dem Maße, in dem die Farben stärker wurden, ließ der Lärm nach. Die Farben regneten nicht mehr von oben auf ihn herab, wie aus einer Regendusche. Sondern sie schienen, wie aus einem Geysir – oder besser noch, wie die Lava aus einem Vulkan – von unten nach oben geschleudert zu werden. Und er flog mit ihnen in die gleiche Richtung.

Das heißt: „Fliegen" ist nicht das richtige Wort. Vielmehr erhob er sich. Stieg langsam auf. Behutsam. Schwebend. Slow Motion. Zeitlupe. Es war zwar das Gegenteil von Geschwindigkeit, aber es fühlte sich gut für ihn an. Unendlich gut, dieses wunderbare Geborgensein im Schweben. Er ließ die Schwärze zurück, aus der er gekommen war, und verschmolz mit dem Farbenmeer, das ihn umgab.

Was immer er tat – ob er die Arme eng an seinen Körper anlegte oder ob er sie ausbreitete – es veränderte sein Gleiten nicht. Nicht er, das verstand Lëon, sondern eine andere Kraft oder Macht war es, die ihn unendlich sanft emporzog oder -trug.

Die Farben wurden langsam blasser, weicher, pastelliger. Er glaubte, so etwas wie Musik zu hören. Keine Musik, die ihm bekannt vorkam. Keine Melodien, die er hätte nachpfeifen können. Keine Töne, die in einer Partitur standen. Noch nicht einmal einzelne Instrumente waren herauszuhören. Da waren nur Harmonien. Harmonien, die sich genauso gut anfühlten wie die ineinanderfließenden Farben.

In der Ferne, sehr sehr weit in der Ferne, sah er ein heller werdendes Licht. Auf das er sich zubewegte. Das alles enthielt, in dem alles vereinigt, das Ausgangs- und Endpunkt der Wunder war, die ihn umgaben und deren Teil er geworden war.

Lëon empfand tiefste Freude. Ein wenig schien es sich so anzufühlen, als habe er „Magic Mushrooms" probiert, die ihre halluzinogene Wirkung entfalteten. Aber Pilze hatte er keine gegessen. Nur fremde Früchte genascht.

Als er sich umschaute, bemerkte er an seiner Seite einen Falken, der ihn schon die ganze Zeit begleitet hatte, den er aber erst jetzt sah. Der Falke blickte zu ihm herüber, freundlich, ermunternd. Ein geflügelter Freund und Begleiter, der mit ihm höher und höher stieg.

Lëon vertraute ihm. Die Luft, der Himmel, waren schließlich sein Refugium. Er kannte sich hier aus, schien das Ziel ihrer gemeinsamen Reise zu kennen. Schien ihn beschützen, ihm Mut machen zu wollen, obwohl Lëon alles andere als mutlos war.

Aber: „Himmel", „Farben", „Harmonien". Das sind Worte, die etwas bezeichnen, was es eigentlich nicht wirklich war. Allerdings: Was wären passende Namen gewesen für die Phänomene, die er wahrnahm, die ihm irgendwo und irgendwie geschahen?

Er war, soviel schien sicher, auf einem Weg. Auf einem Weg aus einem „Hier" zu einem „Dort". Er sehnte sich danach, dieses „Dort", den vermutlichen

Ursprung- und Endpunkt dieser Erscheinungen, zu erreichen. Und seine Sehnsucht wurde stärker, je näher er dem „Dort" kam.

III.

Plötzlich, ohne einen erkennbaren Grund, schoss der Falke in einem steilen Bogen in atemberaubender Geschwindigkeit von Lëon weg, nach oben, als habe ihn etwas erschreckt. Aber eine Flucht war es nicht. Worin auch immer der Grund für die abrupte Trennung lag – es war unmöglich, ihm zu folgen. Ausgeschlossen, ihn einzuholen.

Der Abstand zwischen ihnen wuchs. Schon bald war der Falke nur noch ein Punkt, sehr sehr weit weg, bevor auch dieser entschwand, eins wurde mit dem Horizont und dann mit dem großen Licht verschmolz.

Lëon verstand nicht, was passiert war, warum sein gefiederter Begleiter, sein Vogelfreund, ihn so unvermittelt verlassen hatte. Ein großes Bedauern erfüllte ihn, ein unendliches Vermissen seiner Gesellschaft, ein Heimweh nach dem „Dort", zu dem sie gemeinsam doch gerade unterwegs gewesen waren. Heimweh nach diesem „Dort" wo er noch nie gewesen war, das er überhaupt nicht kannte. Und von dem er noch nicht einmal wusste, ob oder dass es dieses gab.

Konnte man dann – und nach so etwas – überhaupt „Heimweh" haben? Dieses „so Etwas", das vielleicht kein Ort, sondern nur ein Zustand war? Und dass ihm, was und wo immer es sich befand, ohne den Falken, der ihn nicht begleitet, sondern der ihn geführt hatte, jetzt unerreichbar war.

Das Schweben änderte die Richtung. Langsam verlor Lëon an Höhe, was er äußerst schade fand. Das weiße Licht in der Ferne wurde schwächer. Die Pastellfarben verdichteten sich zu einem dunklen Rot und einem grellen Blau. Sie pulsierten aus einem tiefschwarzen Loch, schwollen auf und ab, beunruhigend, zudringlich, bedrohlich.

Es waren Lockfarben, die ihn, gegen seinen Willen, zu sich herabzogen, ihn von dem anderen, guten, weißen Licht, das oben war, trennten. Zwei Farben, gewalttätig und schmerzhaft.

Und mit dem sanften Sinken war es auch vorbei. Jetzt fühlte es sich so an, als würde er in einem Flugzeug sitzen, das von schweren Turbulenzen durchgeschüttelt, rasch an Höhe verlor, auf den Boden zuraste, hart aufsetzte, glücklicherweise nicht zerbrach, sondern, statt auf einer asphaltierten Landebahn auszurollen, über einen steinübersäten Feldweg voller tiefer Schlaglöcher hüpfte und endlich, nach einer gefühlten Ewigkeit, schwankend, taumelnd, torkelnd, trudelnd mit einem Ruck zum Stehen kam. Dann hörte es sich an, als hätte sich eine große, unfreundliche Menge eingefunden, die es mit einem Steinhagel begrüßte. Spätestens jetzt war der Rausch zu Ende und der Albtraum begann.

Der Ausflug oder was immer es war, endete als reinste Höllenfahrt – begleitet von einer passenden Kakophonie infernalisch lauter Geräusche, die ihm gerade zu unerträglich waren.

Lëon schüttelte es durch. Kälte trat an die Stelle der Wärme. Er begann entsetzlich zu frieren. Fühlte sich wie ein Ertrinkender im Eiswasser. Er klammerte sich an etwas fest. Versuchte Halt zu finden. Sicherheit zu gewinnen. Er hatte jede Orientierung verloren, wusste nicht, was gerade geschah.

Glücklicherweise wurde er von einer unendlichen Müdigkeit überwältigt, der er sich gerne überließ. Versetzte sie ihn doch aus dem Schrecken in einen tiefen, traumlosen Dämmer. Als dieser über ihn kam, fühlte er sich geborgen. Es wurde langsam wieder wohlig warm wie unter der dicken, schweren Daunendecke, die auf dem Bett seiner Großmutter im Schlafzimmer ihres Hauses in Mali Lug lag.

IV.

Als Lëon erwachte oder sollte es besser heißen: „als Lëon mühsam und sehr langsam wieder zu sich kam", versuchte er herauszufinden, wie und wo er war. Was immer sich um ihn herum befand, kam ihm vertraut vor. Er hatte alles schon einmal gesehen. Ob es sein – oder ein – zu Hause in seiner Stadt, bei Verwandten auf dem Land, auf einer früheren Reise in einem anderen Kontinent, oder ob es in dieser Landschaft war, die er jetzt besuchte, auf deren Namen er nur gerade nicht kam – irgendwas mit einer Zahl –, konnte er nicht sagen. Er hatte nicht nur diesen Namen, sondern auch manche Namen anderer Dinge vergessen. Einige Namen schienen noch zu schlafen. Sie waren nicht mit ihm erwacht. Sie waren auch nicht zu lesen – irgendwie waren die Buchstaben unvollständig oder zerbrochen. Kein Grund zur Sorge. Die Namen würden ihm später wieder einfallen. Da gab es keinen Zweifel. Gegenstände können verloren gehen, aber Namen doch nicht. Man kann sie vergessen. Aber dann sind sie auf einmal wieder da.

Er fühlte sich schläfrig und sah noch nicht klar. Lëon rief: „Hallo", „hallo", „jemand da?"

Und als keine Antwort kam, fragte er zögerlich „Keiner zu Hause?“

Zu Hause?

War er überhaupt daheim?

Angekommen war er schon.

Aber wo?

Dann hörte er wieder, wie Steine auf das Flugzeug prasselten, obwohl er doch überhaupt nicht mehr im Flugzeug saß. Oder sie feuerten auf eine Blechdose, in der er steckte.

Aber wieso sollte er in einer Blechbüchse sitzen und darin eingeschlossen sein? Er war doch kein Obst oder Gemüse oder Fleisch oder Fisch, das man in eine Konservendose einmachen würde. Und wenn doch, wer und warum sollte ihn darin mit Steinen bewerfen? Sinn machte das alles nicht. Nichts stimmte. Alles war verdreht.

Aber eine bloße Einbildung, ein bizarrer Traum, war es auch nicht. Denn er hörte nicht nur den Aufprall von Geschossen. Er spürte sie. Nicht als Schmerz. Das nicht. Nur als Druck. Und der war auszuhalten.

Lëon hielt sich die Ohren zu, um das Geräusch der auftreffenden Steine nicht zu hören. So viel Krach wie sie machten mussten es wohl keine Kiesel, sondern eher Wacker oder Felsbrocken sein. Als er die Hände vom Kopf nahm, hatten die Steinwürfe und das Prasseln aufgehört. Nur ein gleichmäßiges Piepsen war noch zu vernehmen wie in oder aus einem Raumschiff, das durchs Weltall fliegt.

„Ich spinne", dachte Lëon. „Etwas ist mir oder meinem Kopf nicht bekommen. Vielleicht habe ich etwas gegessen, das giftig war? Ich muss zusehen, dass ich wach werde, wieder klar denken und sehen kann. Einfach nur wach werden", befahl er sich. „Und dann schau ich weiter".

Obwohl er alle Kräfte zusammennahm, um gegen die Müdigkeit anzukämpfen, entließ sie ihn nicht aus ihrer lähmenden Umklammerung. Dazu kam, dass ihm war, als würde er im Sand eines endlos weiten und breiten Strandes feststecken – oder war es eine Wüste –, während eine Monsterwelle nach der anderen über seinem Kopf zusammenbrach und ihn tiefer und tiefer in den Sand hämmerte.

Das Meer in der Wüste?

Das Sandmeer?

Komisch.

Er hatte Durst – aber es gab nirgendwo etwas zu trinken.

Und dann hatten es die Monsterwellen geschafft. Das Meer hatte ihn überflutet. Oder hatten die Kämme der Brecher ihn vollständig in den Boden gerammt, und er war in das Meer gefallen, das sich unter dem Sand befand?

Jedenfalls steckte er nicht länger fest. Das war schon mal gut. Endlich fühlte er sich frei. Er schwamm. Schwebte. Konnte Wasser atmen. Es war wunderbar warm. Diese Wärme hatte er schon einmal gespürt. Sie hatte ihm gutgetan und das tat sie auch jetzt. Und doch fühlte es sich anders an, dieses Meer unter der Wüste, dieses andere Schweben, dieser neue Zustand des Seins. Hier blubberte, gluckste, knirschte, quietschte es. Geräusche wie von driftenden, sich aneinanderreibenden, sich übereinander schiebenden, zerbrechenden Eisschollen. Gletscher kalbten. Erst knackte es, dann brachen sie und stürzten rauschend ins Meer. Wale sangen. Delphine lachten schnatternd. Er schwamm mit Fischen, ließ sich durch Wälder aus hohem Kelp und flachem Tang treiben, driftete durch phantastisch bunte Korallenriffe – Karneval im Meer.

Lëon hatte immer schon davon geträumt, von einer hohen Klippe ins Meer zu springen. Jetzt hatte er es geschafft. Er war, das spürte er deutlich, in seinem Element. Obwohl ihm der Sprung vom Kliff nicht erinnerlich war. Aber was machte das schon.

Viel spannender empfand er, was er sah. Denn er kam gerade durch eine märchenhafte Bibliothek. Aufgereiht in hohen Regalen standen uralte Bücher und Handschriften, prächtig gebunden, in allen möglichen Formaten. Einige, mit alten, goldglänzenden Miniaturen und Initialen in frischen, kräftigen Farben lagen aufgeschlagen auf Lesepulten. Wellen blätterten sanft die Seiten hin und her.

Lëon sah Fische und andere Bewohner des Meeres, Seepferdchen, Seesterne oder Babykalamare, die in dem sich um die Seitenränder windenden, ringelnden, schlängelnden Rankenwerk herumschwammen, von den aufgemalten Früchten naschten, sich neckten oder sich in den kunstvoll gemalten Vignetten oder den Schnörkeln der Großbuchstaben auf den Pergamentseiten versteckten. Er hatte bisher gedacht Fische seien stumm. Doch er hörte, dass gegrunzt, gequakt und geknurrt wurde – und da sich sonst keine anderen Lebewesen um ihn herum befanden, konnten die Geräusche nur von ihnen stammen. Auch Fabelwesen tummelten sich im Rankenwerk wie Akrobaten. Grotesk vielleicht, aber lustig anzusehen. Und Bauern gab es, die ihre Felder bestellten. Auch Tiere des Waldes waren zu sehen, ebenso Kirchen, Engel und Gott. Ja wirklich. GOTT. Lëon staunte nicht schlecht, als er all dies sah.

Es schien, als hätte er die verborgenen Magazine der Schätze der British Library gefunden, die er einmal mit seinem Vater besichtigt und die einen großen Eindruck auf ihn gemacht hatten.

Lëon hatte Durst.

Aber er entdeckte nirgendwo Wasser.

Die versunkene Bibliothek des Meeres ging in einen Jahrmarkt über. Lichter blinkten auf. Lautlos drehten sich Riesenräder.

Schemenhaft tauchte, seine Neugierde weckend, eine von blühenden Mohnblumen übersäte, von feinem, samtigen Nebel eingehüllte Blumenwiese auf. Mit großen Bäumen, die sie umstanden. Nasser Schnee lag schwer auf den Ästen. Von einem Ast schaute ein Falke herüber. War er es? War es der? Hinten rechts, neben dem großen Schuppen mit den verwitterten, dunkelgrauen Brettern, fast vom Dunst aufgelöst, die kahle Birke mit der weißen Rinde. Deren Äste träge herabhingen, als wäre sie eine

Trauerweide. Daneben der Nadelbaum. Anstelle der Nadeln auf den Zweigen raureifweiße, glitzernde Eiskristalle. Vielleicht war es die sterbende Fichte – oder es war die Lerche, die sich jeden Herbst ihrer Nadeln entledigte? Das wusste er nicht. Aber eines war gewiss: Dies war der Blick durch das große Fenster des Wohnzimmers. Das war die Wiese vor seinem Elternhaus. Er war angekommen. Er war daheim. Das war Delnice. Oder war es das Haus seiner Großmutter in Mali Lug? Obwohl er gerade weder auf den Namen seiner Stadt noch auf den des Dorfes kam.

Lëon freute sich. Obwohl ihm alles mysteriös erschien. Er bemerkte Sprünge, Anomalien, wie im Traum. Aber alles war wirklich. Es geschah. Er erlebte es. Er sah es mit eigenen Augen. Es war seine ureigenste Wirklichkeit.

Und dann begann das Leuchten wieder. Undeutlich zunächst. Angedeutet. Zart, wie hingehaucht. Ein Wetterleuchten feinster Pastelltöne, kaum wahrnehmbar. Dieses geheimnisvolle, wunderbare Leuchten. Nicht zu beschreiben. Nie gesehene Farbtöne. Die näher kamen. Kräftiger wurden. Oder war er es selbst, der sich ihnen näherte?

Farben, tönend, verlaufend, ineinanderfließend, sich ergänzend, sich stetig wandelnd und verwirbelnd, die schließlich zusammenflossen, das wusste er in diesem Augenblick, in diesem weißen, gleißenden Licht. Dieses Licht, das alle Farben, alle Töne und überhaupt alles, was sichtbar und unsichtbar war, enthielt. In das alles mündete. Von dem alles ausging. Auf das er sich zubewegte. Aus dem er schon einmal gekommen zu sein schien. Er sehnte sich danach, mit diesem Licht zu verschmelzen. In ihm aufzugehen. Teil von ihm zu werden. Denn es bedeutete Glück. Ewiges Glück. Ein nicht enden wollender Rausch.

Er schaute sich um. Aber der Falke war noch nicht an seiner Seite. Bald würde er seine Flügel ausbreiten, zu ihm fliegen, ihn begleiten, ihn führen. Daran gab es keinen Zweifel.

Alles war gut – bis auf den Durst, der einfach nicht zu stillen war.

V.

Jäh wurde Lëons Reise ins Licht unterbrochen. Krämpfe schüttelten ihn. Seine Muskeln verhärteten sich. Zum ersten Mal hörte er etwas, wenn auch aus scheinbar unendlich weiter Ferne. Etwas, das nicht zu der Welt passte, in der er sich befand. In der er – oder zu der er gerade unterwegs war.

MEDO! MEDO!

MEDO?

Das war doch er.

„Das bin doch ich!". „Und das ist…", sagte er zögernd, „und das ist auch mein geliebtes Bärchen!!! Ich habe es vergessen. Ich muss es irgendwo verloren haben".

Das fiel ihm jetzt auf. Es war ihm abhandengekommen, obwohl er doch immer Acht auf es gab. Es fehlte ihm und er wollte es holen. Es musste dort sein, woher die Stimme kam. Zu diesem „anderen Dort", wo immer dieses „andere Dort" war, wollte er hin – vielleicht gabs da auch etwas zu trinken. Denn sein Durst war wirklich sehr sehr stark.

Er schrie „Hier! Hier bin ich!"

Es fiel ihm auf, dass er bisher niemandem begegnet war – und niemand ihm. Weder ein Fremder noch ein Freund oder ein Mitglied seiner Familie. Jedoch hatte er auch keinen vermisst – und auf Begegnungen mit anderen nicht geachtet. Weil er ganz bei sich und in seiner Welt gewesen war. Aber jetzt rief jemand den Namen, mit dem vor allem seine Großmutter ihn immer gerufen hatte.

„Baka" fragte er zögernd. „Baka? Großmutter. Bist du`s?"

Aber sie antwortete ihm nicht und auch kein anderer. Vielleicht war er noch zu weit weg und niemand konnte ihn schon hören?

„Ich komme!", rief er. „Ich komme!"

Es war nicht zu vermeiden. Er musste umkehren, um sein Bärchen zu holen. Und um eine Flasche Wasser zu trinken. Oder gleich einen ganzen Eimer. Kaltes, klares, erfrischendes Wasser. Auf einen Zug runterschütten. Vielleicht sogar Wasser, das sprudelte.

Er wandte sich um und strebte zurück. Die Farben, die er liebte, in denen er sich so geborgen und behaglich gefühlt hatte, schwanden. Mit den Lichtspielen war es vorbei. Auch die Harmonien verklangen. An ihre Stelle traten zunehmend Dunkelheit und eine Ruhe, die sich nicht gut anfühlten. Das war misslich. Aber es war nicht zu ändern. Das Opfer musste er bringen, wollte er sein Bärchen wieder erlangen. Ohne es wollte er jetzt keinesfalls länger sein. Und den Durst musste er löschen. Dringend. Wirklich dringend. Es wurde allerhöchste Zeit. Sein Mund war bereits trocken wie Staub. Die Zunge klebte am Gaumen.

Je mehr er in die Dunkelheit eintauchte, umso stärker durchbrach etwas die Stille. Grummel, Gemurmel, Getuschel. Einige Stimmen kamen ihm bekannt vor. Andere waren ihm fremd. Alle schienen aufgeregt, besorgt, ängstlich oder ärgerlich zu sein. Vielleicht suchten sie ihn? Und wurden sich nicht einig, wo sie als Nächstes nachsehen sollten?

Worum es auch immer ging. Er konnte nichts verstehen. Das Durcheinander war einfach zu groß.

„Rhabarber", dachte er. „So ein Rhabarber".

Vielleicht nützte es etwas, wenn er sie noch einmal auf sich aufmerksam machte? Sich erneut meldete? Sie waren ja schon so nah.

„Hier! Hier! Ich bin hier, hieeeer"!

Aber niemand reagierte. Er konnte sie hören. Aber sie nicht ihn. Noch immer nicht. Nicht zu fassen. Sie waren einfach zu laut und unaufmerksam.

Er rief ärgerlich noch einmal „Hieeeeer. Haaaalloooo. Hieeeeer". Es fiel ihm schwer. Seine Zunge schmerzte, so wie damals, als sie an einem kalten Wintertag am Griff der metallenen Haustüre kleben geblieben war, weil er daran geleckt hatte. Damals, als er noch ein kleiner Idiot gewesen war und gehofft hatte, es würde irgendwie schmecken, vielleicht wie Vanille, dieses haustürgriffliche Wintereis. Das war zu einer anderen Zeit und an einem anderen Ort. Aber jetzt war er hier.

Nur, wo war „Hier"?

Das konnte er nicht genau sagen. Da war der Wald. Da war der Rummel. Unter der Erde. Und im Meer. Wo es auch kostbare Bücher gab. Aber war er nicht eben auch zu Hause gewesen oder bei seiner Großmutter? Sinn machte das alles keinen. Er war verwirrt.

„Vielleicht bin ich in einen Schacht gefallen. Einen tiefen, dunklen Schacht. Ich sitze fest und sie sind gekommen, um mich zu retten.

„Ein Seil", schrie er, „ein Seil".

Oder war er in ein U-Boot geklettert? Und die Luke war zugefallen. Und dann war es gesunken. Da würde kein Seil oder Tau helfen, um ihn heraus- und nach oben zubringen. Aber sicher gab es eine andere Möglichkeit. Er musste sich keine Sorgen machen. Die Retter waren schon nah. Die ließen sich etwas einfallen. Sie waren gekommen, um ihn da rauszuholen und zu befreien. Er musste nur noch etwas Geduld aufbringen. Das konnte warten. Das andere nicht.

Wasser, rief er mehrmals, Waaaasser. Das „a" zog er übermäßig in die Länge, hoffend, sein Wunsch, seine Forderung, quengelig vorgebracht, würde umso dringlicher erscheinen. Und da dies nicht half, versuchte er es noch einmal. Diesmal freundlich, korrekt „Wasser bitte. Wasser!"

Das könnten sie doch an einer einfachen Schnur zu ihm herunterlassen. Eine Flasche geht doch überall durch. Oder sie könnten es einfach in den Schacht schütten, an dessen Boden er sich befand. Dann würde es ihn ja auch erreichen. Vielleicht war der Schacht ein alter Brunnen? Er säße in einem Brunnen, der einmal randvoll mit Wasser war? Und war doch kurz davor, zu verdursten. Bei dieser Vorstellung empfand er den Durst unerträglich. Aber nichts geschah.

Allmählich begriff er, dass ihn niemand hörte.

Er steckte in der Klemme. Saß in der Tinte. War gefangen. Gefangen im U-Boot. Im Bergwerk. Im Schacht. Im Brunnen. Er war mit seinem Latein, das er seit drei Jahren in der Schule lernte, am Ende.

Dann sagte eine der Stimmen ein Wort. Es war so kurz wie „MEDO". So knapp wie „Lëon". Es war so klar und präzise, dass es keinen Zweifel gab.

Das Wort war „Comă".

KOMA. Und etwas weiteres wurde gesagt, leiser zwar, bedauernd, aber bestimmt: „fara speranta". Es war leicht, die Bedeutung zu erraten: „hoffnungslos".

Es waren nicht nur Worte, die einen Zustand bezeichneten. Es war ein Urteil, gegen das es keinen Einspruch gab.

„Die da draußen", – „draußen" hatte er noch nie gedacht, und auch nicht „drinnen", aber jetzt machte sein Denken den Unterschied –, also die da draußen hatten seinem Gefängnis einen Namen gegeben. Den schrecklichsten Namen, der denkbar war. Er war gefangen – gefangen in sich selbst. Ohne Aussicht, zu irgendeinem Zeitpunkt dem Gefängnis zu entrinnen. Es würde kein Anruf kommen, der ihn begnadigte, ihn in die Freiheit, ins Leben entließ. Er war eingemauert, lebendig begraben.

Jetzt, vielleicht zum ersten Mal in seinem jungen Leben, hatte er Angst. Richtiggehend Angst.

Diejenigen, von denen er geglaubt hatte, sie würden ihm helfen, ihn retten, ihn von seinem brennenden, quälenden Durst erlösen, ihm sein Bärchen bringen, waren gekommen, um sich von ihm zu verabschieden.

Sie arbeiteten sich nicht zu ihm vor. Sondern sie zogen sich von ihm zurück. Sie hatten den Verschütteten aufgegeben. Es ging ihm so, wie es manchen Opfern schwerer Katastrophen geht. Allzu bald erscheint der Aufwand der Suche und Bergung zu hoch und vor allem zu teuer. Die nicht gefundenen werden für tot erklärt. Und dann kommt schweres Räumgerät und macht alles platt. Und das war es dann für sie.

Er war, er schien, verloren.

Jetzt überwältigte ihn blanke Panik. Denn sie lagen falsch. Er war doch gar nicht tot. Sie konnten ihn nur nicht hören. Sich nicht mit ihm verständigen. Also im Moment gerade nicht. Es war vielleicht schwierig, von ihrer Seite aus mit ihm in Verbindung zu treten. Aber es musste doch möglich sein. Nur „Hallo" zu sagen, ihn anzutippen und auf eine Reaktion zu warten, und abschließend mit einem Apparat einen ergebnislosen Messversuch zu machen, um dann schulterzuckend zu urteilen „da geht leider nichts mehr", reichte einfach nicht aus. Da brauchte es feinere, sensiblere Techniken. Und nicht nur diese Apparate, die es gerade gab.

Er war vielleicht weit weg. Aber er war nicht unerreichbar. Er war verschüttet oder gefangen. Aber er lebte doch. Verschüttete kann man ausgraben.

Und für verschlossene Türen gibt es Schlüssel. Sie müssten sich doch nur auf den Weg zu ihm machen, ihn dort aufsuchen, wo er gerade lebte. Und dann wäre eine Verständigung möglich. Irgendwie.

Weil sie ihn nicht hören konnten, nahm er sich zusammen und strengte sich an, um ihnen auf anderem Wege ein Zeichen zu geben.

Nach Stunden ihrer Zeit – er selbst hatte jeden Begriff von Zeit verloren, für ihn gab es nur Gegenwart – gelang es ihm, mit den Augen zu blinzeln. Flatternd die Augenlider zu öffnen.

„Das ist ein Lebenszeichen. Das müssen sie doch sehen".

Aber es war Nacht. Und daher wurde es von niemandem wahrgenommen. Vielleicht, weil niemand da war? Oder weil derjenige, der bei ihm wachte, eingeschlafen war oder es wegen der Dunkelheit nicht sah. Das konnte er nicht wissen. Tag oder Nacht hatten für Lëon jede Bedeutung verloren. Die gemessene Zeit existierte für ihn nicht mehr. Weil es still war und kein Geräusch störte, hörte er wieder dieses gleichmäßige „Piep Piep, Piep, Piep". Als würde der alte Sputnik noch immer um die Erde kreisen, sein gleichmäßiges Signal senden, und er wäre der Empfänger und konnte es hören.

Weil das mit dem Zwinkern nicht funktioniert hatte, sammelte er, nachdem er sich erholt hatte, alle Kräfte und versuchte, unter größter Anstrengung, den kleinen Finger zu bewegen.

Und tatsächlich. Das klappte.

Das wurde gesehen.

Seine Eltern und seine Großmutter jubelten und schrien vor Freude. Aber sie verstummten, als man ihnen erklärte – nicht mit Worten, sondern mit Gesten, denn die Ärzte sprachen, aus welchem Grund auch immer, nur rumänisch mit ihnen, das Lëons Eltern nicht verstanden –, dies sei nur vegetativ, ein obskurer Reflex und habe nichts zu bedeuten. Das sei eine bloße Nervenreaktion. Wie bei einem Huhn, das auch noch flattere, auch wenn es längst seinen Kopf verloren habe. Oder wie die Froschschenkel, die unter dem Einfluss statischer Elektrizität wieder zu zucken begännen. Zucken sei aber etwas anderes als Leben. Das wüssten die Mediziner schon seit den Experimenten des Anatomen und Arztes Luigi Galvani. Und der habe sie bereits vor dreihundert Jahren gemacht. Was da vor ihnen liegen würde sei nicht mehr lebendig, es sei ohne jedes Bewusstsein und daher nur noch so etwas wie Gemüse oder Salat.

Die Gesten, in denen sie das ausdrückten, glichen einem unbeholfenen grotesken Tanz. Wie gut, dass Lëon das nicht sehen konnte.

Seine Eltern schüttelten energisch den Kopf und weigerten sich, ihnen zu glauben. Die Ärzte zuckten mit den Schultern, was aus Sicht von Lëons Eltern vieles bedeuten konnte. Vielleicht auch, dass sein Zustand doch nicht völlig aussichtslos war.

Um Lëon vollkommen zu entspannen und die Eltern zu beruhigen, erhöhten sie die Dosis des Morphins. Sein Widerstand brach. Er wurde unendlich müde. Und fiel wie ein Stein in einen tiefen, traumlosen Schlaf.

Als er daraus erwachte, spürte er, wie er gestreichelt wurde, wie ihn jemand küsste, umarmte, etwas für ihn sang. Sein Gesicht fühlte sich an, als sei es Regen ausgesetzt.

Auch Lëon weinte. Tränenlos.

Als Lëon fühlte, dass sein Kopf verkabelt wurde, bäumte er sich noch einmal auf. Dies war seine letzte Chance. Angesichts des Zustands, in dem er sich befand, war sein Einfall genial.

Er bot alle Energiereserven auf, um etwas zu denken. Rhythmisch. Stark.

Lëon hoffte, dies würde auf dem Apparat ein charakteristisches Muster erzeugen. „Drei kurz, drei lang, drei kurz". „Didididahdahdahdididit".

Sie sahen etwas auf ihrem Monitor. Aber sie schrieben das dem Alter des Enzephalogramms zu, das nicht mehr zuverlässig funktionierte und etwas anzeigte, das von dem vorbeifahrenden Medikamentenwagen, dem rumpelnden Aufzug oder dem Signal des Krankenwagens erzeugt worden sein könnte, der gerade an dem Provinzkrankenhaus vorbeifuhr.

Als nichts geschah, verzweifelte Lëon. Er tobte, lief AMOK, schlug in seinem inneren Gefängnis alles kurz und klein.

Draußen maßen sie die Erhöhung seiner Temperatur.

Die Entzündungswerte stiegen.

Rasches Handeln war geboten.

Sie bedeuteten seinen Eltern, ihr Sohn könne oder müsse jetzt sofort operiert werden. „Interventie" „Chirurgicala" „Transplantacija". Und „Hero" sagten sie, auf MEDO deutend. MEDO, Hero.

Das konnten seine Eltern verstehen. Sie unterschrieben ein Papier in der Hoffnung, dass vielleicht doch noch etwas zu machen wäre, dass ein letzter Versuch, die Notoperation, die Transplantation, ihn in letzter Sekunde retten könnte.

„MEDO", hörte er seine Eltern noch einmal flehentlich sagen. „MEDO".

Es war das letzte Mal, dass er ihre Stimme vernahm.

Als MEDO in den Operationssaal geschoben wurde, schauten seine Eltern voller Hoffnung auf die Ärzte. Und die Ärzte erwiderten ihren Blick mit einem freundlichen Lächeln voller Dankbarkeit.

Die Türen schlossen sich hinter dem OP.

Ein Team stand für die Operation bereit. Nur auf den Anästhesisten hatten sie verzichtet. Sie waren sicher, dass er nichts mehr spüren würde.

Als sie das Beatmungsgerät abstellten, bekam MEDO keine Luft mehr. Er tobte, lehnte sich noch einmal auf.

ODEM, schrie er. ODEM.

Während ein Skalpell in sein Fleisch schnitt, um seinen Körper zu öffnen, durchraste ihn ein inneres Feuer. Es fühlte sich an, als würde er verbrennen.

Er hörte nicht mehr, wie eine Stimme die Anweisung gab „Wundhaken auseinanderziehen". Und er merkte nicht, wie seinem Körper Lunge, Leber, Nieren, Bauchspeicheldrüse und das Herz entnommen wurden.

MEDO hatte sich längst wie Phönix aus der Asche erhoben. Das weiße Licht war wieder da. Diesmal war es ganz nah. Er flog nicht allein. Der Falke begleitete ihn, schaute immer wieder ermunternd, geradezu fröhlich zu ihm herüber. Beide schraubten sich höher und höher. Dann waren die Farben wieder da – und der kaum hörbare Teppich aus wunderbaren Harmonien. Auf einmal umhüllte ihn Licht wie ein Mantel. Ein Licht so hell, dass unser Sonnenlicht dagegen ein Schatten ist. Und eine Stille umgab ihn, die einfach wunderbar war.

MEDO fühlte sich geborgen.

Jetzt war er im „Dort".

„Dort", das sein wirkliches „Daheim" war.

Nichts von dem, was einmal gewesen war, war jetzt noch von Bedeutung. Alles war vergessen. Alles war geheilt.

VI.

Das Krankenhaus schickte seinen Eltern am frühen Morgen des nächsten Tages ein Telegramm in das Hotel, in dem sie untergekommen waren und auf Nachrichten warteten. In diesem Telegramm war eine Adresse angegeben. Sie zeigten sie einem Taxifahrer. Er fuhr sie und seine Großmutter hin.

Es war das Beerdigungsinstitut.

Seine Familie wollte MEDO noch einmal sehen. Dass ihm Organe entnommen worden waren, wussten sie nicht. Alles war sauber vernäht. Das Beerdigungsinstitut hatte ihn sogar schön angezogen. Trotzdem hatten sie große Mühe, ihn zu erkennen. Seine Augen waren zugeklebt. Sein Gesicht war bandagiert. Sein hübscher Mund war schmerzverzerrt. Und seine schönen, vollen Lippen waren schmal geworden.

Sie sagten nichts. Denn niemand hätte sie verstanden oder verstehen wollen. Ohnehin war es jetzt für alles zu spät.

Sie legten ihm sein Bärchen in den Sarg, das ihn auf seiner langen Reise begleiten sollte. Dass er bereits angekommen war, ahnten sie nicht.

Das Beerdigungsinstitut regelte alle Formalitäten. Medo wurde eingeäschert und seine Urne reiste mit seinen Eltern und seiner Großmutter nach Kroatien zurück.

Epilog

Florim, der exzellente, engagierte Neurologe, jung, voller wissenschaftlicher Neugierde, aber noch ohne den professionellen Abstand, der eigentlich in seinem Beruf notwendig war, hatte die Tragödie von MEDO, wie auch er ihn empathisch nannte, sehr berührt. Er hatte als Assistenzarzt zu dem Team gehört, das MEDO während der drei Tage, die er in diesem Provinzkrankenhaus verbracht hatte, betreute. Als er ihn noch einmal sah, während er aus dem Operationssaal in die Leichenkammer geschoben wurde, war er schockiert. Irgendetwas war schiefgelaufen. Irgendetwas stimmte nicht. Irgendetwas sollte nicht sein.

Nicht, dass er dem Chefarzt oder dem Team der beteiligten Ärzte Vorwürfe gemacht hätte. Alle hatten die medizinischen Standardprozeduren und juristischen Richtlinien korrekt befolgt, was wohl nicht immer und überall der Fall war, einige Kliniken waren großzügig in der Auslegung der Vorschriften, denn der Organhandel war für manche ein gutes Geschäft, aber wer darüber spekulierte oder es sogar ansprach begab sich auf dünnes, auf sehr dünnes Eis. Das Vorgehen in MEDOS Fall war

„regelkonform" und sie hatten, das musste Florim bestätigen, nach dem aktuellen Stand der Medizin entschieden. Und genau darin lag das Problem: Im aktuellen Stand der Medizin, auf den sie sich so viel einbildeten und den – jedenfalls auf diesem Feld – kaum jemand hinterfragte. Und genauso unvollkommen wie die ärztliche Wissenschaft war, was sich gegenseitig bedingte, der technische Stand der medizinischen Apparate. Beide, das wusste er jetzt, waren nicht geeignet, das Glimmen des Bewusstseins eines Menschen aufzuspüren, der im Koma lag. Und wenn es nur der Funke war, der da noch glühte. Aber wenn es gelingen könnte, diesen zu entdecken und mit dem tief schlafenden Patienten Kontakt aufzunehmen, könnte es vielleicht gelingen, den Funken noch einmal anzufachen. Und dann wäre es vielleicht möglich, ihn zu animieren, wieder zu einem Lebensfeuer zu werden. Ein Menschenleben, dachte er, war jeden Aufwand wert.

Florim hatte keine Lösungen. Aber er stellte Fragen. War der Sitz des Bewusstseins wirklich und ausschließlich dort, wo er ihm von der Wissenschaft „zugewiesen" worden war? Konnte Bewusstsein nicht auch anderswo im Körper vorhanden sein? War es nicht zu einfach, das Bewusstsein auf neuronale Prozesse im Gehirn zu reduzieren?

Er hatte Vorlesungen über Quantenbiologie gehört, die sich mit der Einwirkung von Quanten auf lebende Zellen eines Organismus beschäftigt. Als Teilgebiet der Biophysik untersucht sie energetische Prozesse und Veränderungen, die dabei im Bereich der Atome und Moleküle auftreten können. Und das fand er überaus spannend.

Könnte die Quantenbiologie nicht bisher Rätselhaftes erklären? Wie zum Beispiel die dokumentierten Nahtoterfahrungen. Es hieß „Nahtot". Aber sollte es nicht besser „Restleben" heißen, fragte er sich.

Und wenn es Quanteninformationen in jedem Körper gibt, könnten diese Informationen nicht auch Elemente des Bewusstseins sein? Und wäre das Gehirn vielleicht weniger sein Erzeuger, sondern eher sein Empfänger? Eine Art Receiver, wie es das Fernsehen oder das Radio sind, die Sprache, Musik, Bilder und Effekte ja auch nicht selbst hervorbringen, sondern nur wiedergeben? Also könnten Geist und Bewusstsein nicht unabhängig vom Gehirn existieren? Und wenn das so wäre, würde das nicht bedeuten, dass das Bewusstsein fortbestehen könnte, auch wenn das Gehirn gerade „nicht auf Sendung, sondern offline" ist? Aber würde das nicht heißen, dass …

Florim würde nicht eher ruhen, bis es ihm gelungen sein würde, dies alles herauszufinden.

Florim wollte nach der Rettungskapsel suchen, mit deren Hilfe es möglich war, bis zum Grund des Mariannengrabens des Bewusstseins einzutauchen. Und wenn er den Menschen dort treffen würde und die Kontaktaufnahme gelänge, würde er ihn fragen, wohin es ihn zieht. Vorwärts, ins Licht? Oder zurück, ins Leben? Er wollte, dass dies mit dem betroffenen Menschen entschieden würde. Und nicht ohne oder gegen ihn. Er durfte losgelassen werden, wenn er es wollte. Und es musste versucht werden, ihn zurückzuziehen, wenn das sein Wunsch war.

Florim würde mit Jana Verbindung aufnehmen, einer Freundin, die im Bereich Medizintechnik arbeitete. Und beide würden sie sich überlegen, was zu machen war.

Florim konnte sich vorstellen, wie es sich für Lëon angefühlt haben musste, aufgegeben und verurteilt zu werden, ohne die Chance zu haben, Einspruch zu erheben.

Kurze Zeit später hatte sich Florim mit Jana in einem Café verabredet, um mit ihr über das Projekt „MEDO" zu sprechen.

Jana machte sich Notizen.

Und zufällig entstand dieses magische Buchstabenquadrat.

<pre>
K   O   M   A
O   D   E   M
M   E   D   O
A   M   O   K
</pre>

Die Diagonalen des magischen Quadrats offenbarten, was sie gemeinsam entwickeln und wonach sie suchen mussten. Sie hatten keinen blassen Schimmer, was sich hinter den beiden Abkürzungen verbarg. Aber sie sahen „KDDK„ und „AEEA" als MEDOS Botschaft und Vermächtnis an.

„KDDK„ und „AEEA" würden die Bezeichnungen sein für die Tests, die sie zum Nachweis des Bewusstseins der Menschen entwickeln wollten, die in einem tiefen Schlaf gefangen waren.

Sie bestellten Champagner – und stießen auf ihr Vorhaben an.

Aber da gibt es noch etwas, das es wert ist, hier erzählt zu werden.

MEDOS Opfer war auch aus einem anderen Grund nicht umsonst. Seine Organe wurden in europäischen Krankenhäusern erfolgreich transplantiert und retteten fünf Leben und einem Kind das Augenlicht. Das würde ihm gefallen haben. Er wurde dadurch – posthum – tatsächlich, wie es die Ärzte angekündigt hatten, zu einem Retter. Zu einem Helden. Zu einem Hero. Die geretteten Kinder, die mit MEDOS Organen lebten, waren nicht mehr dieselben, die sie vorher gewesen waren. Sie veränderten sich, nachdem ihnen seine Organe eingepflanzt worden waren.

Nach übereinstimmenden Berichten waren alle mutiger als vorher, neugieriger, unternehmungslustiger. Aber keines von ihnen war glücklicherweise je so leichtsinnig, wie es MEDO in seinem kurzen Leben gewesen war.

Und noch etwas ist nachzutragen. Medos Eltern hatten nach seiner Einäscherung in Rumänien die Urne mit nach Delnice genommen und Medos Asche nicht weit vom Dorf seiner Großmutter an der Stelle verstreut, die „Medvjeda Draga" heißt. Das bedeutet, „wo sich die Bären wohlfühlen".

Als der Wind seine Asche verwehte, sang seine Großmutter für ihn zum Abschied das Wiegenlied, mit dem sie ihn, als er ein Kind war, oft in den Schlummer gesungen hatte: „Tiho, tiše":

„Leise, leiser. In der Stille atmet die Seele.

Sie breitet sich aus.

Sie riecht wie eine Blume nach dem Regen.

In der Stille weicht die Dunkelheit,

damit sich die Liebe ausbreitet.

Der Friede wiegt dich auf seinem Schoß.

Und er hat wunderbare Träume für dich.

Bleib du nur leise, leiser", sang sie, „Samo budi tiho tiše"

Und dann sagte sie: „Medo, moj Medo" bevor Schluchzen und eine Flut von Tränen ihre Stimme erstickte.

Als seine Eltern am Ende des nächsten Frühlings, es kann auch am Beginn des Sommers gewesen sein, nach der Rückkehr von einem Ausflug mit Medos Großmutter in der Nähe von Mali Lug an die Stelle kamen, an der die Landstraße den Wechsel der Bären kreuzt, sahen sie eine Bärin mit ihrem Jungen. Beide waren gerade dabei, die Straße zu überqueren. Das tapsige, verspielte, vorwitzige Bärenjunge blieb kurz stehen, schaute zu ihnen herüber und schien ein paar Schritte auf sie zuzugehen, bevor es sich anders überlegte und seiner Bärenmutter folgte.

Vielleicht war es ein Zufall – vielleicht auch nicht. Medos Mutter und Großmutter blickten sich nur an. Keiner von beiden konnte etwas sagen.

Nachwort

Mit der Ausführung dieser Geschichte habe ich unmittelbar nach der Beendigung der Korrekturarbeiten am „Wunschsohn", Ende Dezember 2023, in meinem ehemaligen Elternhaus im Hunsrück begonnen. Ende Januar 2024 habe ich sie dort abgeschlossen.

Die Entstehung dieser Geschichte verdanke ich einem kleinen Experiment. Im Sommer 2023 bin ich zufällig durch die Beschäftigung mit dem Kupferstich von Albrecht Dürers Melencolia I auf das Phänomen der magischen Quadrate gestoßen (es ist auf dem Kupferstich, oben rechts unter der Glocke angebracht).

Bei einem „Magischen Quadrat" sind Zahlen so verteilt, dass die Summe der Zahlen in jeder Zeile, in jeder Spalte und in jeder Diagonale die gleiche ist.

Das ist die sogenannte „Magische Zahl". Bei Dürers Magischem Quadrat lautet diese magische Zahl 34. Zusätzlich hat er es geschafft, die Ziffern 15 14 in der untersten

Zeile nebeneinander zu platzieren. Zusammen gelesen ergeben sie die Jahreszahl der Entstehung des Kupferstichs 1514.

Es ist faszinierend, was es auf diesem Felde gibt – und vor allem – wie lange sich Mathematiker und Künstler schon damit beschäftigt haben – bis heute. Wie nachzulesen ist, stammt das älteste überlieferte magische Quadrat aus China und wird auf 2800 v. Chr. datiert, ist also bereits 4000 Jahre alt. Angeblich wurde es auf dem Rücken einer Schildkröte gefunden (einem üblichen Beschreibstoff in China vor der Erfindung des Papiers). Agrippa von Nettesheim und Athanasius Kircher haben sich in der Renaissance damit beschäftigt – und Goethes Hexeneinmaleins im Faust wird auch als die Beschreibung eines solchen magischen Quadrats gedeutet. Mathematisch leider völlig unbegabt, hat es keinen Sinn gemacht, mich mit Struktur und Konstruktion magischer Quadrate zu beschäftigen, von denen es phantastische Gebilde gibt (Symmetrische, Pandiagonale, Primzahlenquadrate, Rösselsprung- und Königszugquadrate, magische Interquadrate oder ineinander liegende magische Quadrate etc.).

Auch wenn ich nichts verstanden habe, habe ich mich vom Zauber der Zahlen und ihren geheimnisvollen Eigenschaften, die es immer und überall zu entdecken gibt, inspirieren lassen.

Statt mit Zahlen habe ich etwas mit Buchstaben versucht. Ich wollte sehen, was dabei herauskommt, wenn ich Buchstaben so miteinander kombiniere, dass jede Zeile vorwärts und rückwärts, horizontal und vertikal gelesen ein sinnvolles Wort ergibt. Bis auf die Diagonalen ist das gelungen. Zu meiner Überraschung hat dieses „magische" Buchstabenquadrat eine Geschichte enthalten, die es nur noch aufzuschreiben galt. Selbst die Buchstabenfolgen der Diagonalen konnten sinnvoll verwendet werden (s. S. 44).

Als ich Freunden von meinem „magischen Buchstabenquadrat" und dem in ihm enthaltenen Inhalt erzählt habe, fanden sie es immerhin so interessant, dass sie meinten, ich sollte es niederschreiben. Im Dezember bin ich endlich dazu gekommen.

Meinem Bruder Michael bin ich dankbar dafür, dass er mir während unserer gemeinsamen Mittagessen, oder am Abend vor dem Kaminofen, trotz der Hektik seines Arbeitsalltags, aufmerksam zugehört hat, als ich ihm vom Fortgang der Geschichte erzählt habe, während wir im Januar langsam eingeschneit sind. Seine obligatorische Frage nach MEDOS Fortschritt hat mich veranlasst, „dranzubleiben" und kontinuierlich weiterzuschreiben.

Danke den freundlichen Probelesern, die mir geholfen haben, Ungeschicklichkeiten im Ausdruck und Fehler in Orthografie und Zeichensetzung zu bessern.

Zu bedanken habe ich mich auch bei Branko Klepac, der mir von Delnice erzählt hat sowie von Mali Lug, und dem ich vor allem den Hinweis und die Übersetzung des wunderschönen kroatischen Wiegenliedes „Tiho, tiše" verdanke.

Ein herzliches Dankeschön an Edith und Helmut Blass, die mir die Endfassung der Story „abgenommen" haben.

Für den Druck vorbereitet wurde auch dieses Buch in dem Haus in der Vulkaneifel, mit dem freien Blick auf den bewaldeten Hausvulkan. Die hügeligen Wiesen und Felder diesmal in den matten, hellbraunen und blassgrünen Farben des winternahen Februars. Ein zu jeder Jahreszeit und bei jedem Wetter schöner Naturpark dieses Fleckchen Erde, in dem Vögel noch frei, ohne Gefahr, zerhackt oder geschreddert zu werden, über die Landschaft fliegen dürfen. Danke Andrea und Jens für die wieder einmal gewährte Gastfreundschaft.

Und last but not least: Besten Dank an Anne de Paeuw für die Genehmigung zum Abdruck des Gemäldes mit dem Baum. Dieser Baum, den Geheimnisse umgeben, könnte beinahe auf diese Geschichte gewartet haben. Charles de Paeuw hatte ihn um 1989/90 einmal in Öl auf Leinwand und einmal als Aquarell gemalt. Beide Fassungen befinden sich in Privatbesitz.

Zu Künstler und Werk

Charles de Paeuw (1923–1993), Maler und Grafiker, den Vorstellungen und Idealen des Bauhauses verpflichtet, war ein äußerst vielseitiger Künstler, der auf den unterschiedlichsten Feldern gearbeitet hat und sich dabei meisterlich verschiedenartiger Techniken und Möglichkeiten des künstlerischen Ausdrucks bediente (Fotomontage, Collage, Holz- und Kupferstich, Lithographie, Siebdruck, Rohrfeder- und Tuschzeichnung, Licht- und kinetische Objekte u. a. m.). Er hat sowohl Dinge, die der Welt des praktischen Alltags angehören (Einkaufstaschen, Glückwunschkarten, Kalender, Deckblätter für Schreibblöcke, Werbung für kommerzielle Unternehmen oder Kommunen und kommunale Institutionen), als auch Objekte, die der Dekoration und Repräsentation im privatwirtschaftlichen oder öffentlichen Raum dienten, gestaltet (Medaillen, Reliefs, Wappen, Brunnen). Weiterhin hat er Landschafts- und Städtezeichnungen für verschiedene Städte und Kreise am Niederrhein angefertigt und er hat typographisch gearbeitet (das Signet für die Musikschule und der Schriftzug für das Jazzfestival von Moers gehören u.a. zu seinem Werk). Überhaupt sind zahlreiche Arbeiten im Umfeld kultureller Aktivitäten verschiedener Städte entstanden, hervorzuheben an dieser Stelle natürlich die für das Moerser Schloßtheater.

Die Wirkung seiner Kunst ging jedoch weit über die Kulturszene seiner Stadt und seiner Region hinaus. Zwischenzeitlich zählte er zu den bekanntesten Plakatgestaltern im In- und Ausland. Vor allem seine Theaterplakate brachten ihm internationale Preise und Auszeichnungen ein – so wurde z. B. das Plakat „new jazz" mit dem in sich versunkenen Schlagzeuger in das Jahrbuch 1972 für die weltbesten Plakate aufgenommen. Seine Plakate wurden im Rahmen von Ausstellungen nicht nur in verschiedenen deutschen Städten gezeigt, sondern waren auch in internationalen Ausstellungen zu sehen. So in Warschau (Polen), Brünn (CSSR), Dublin und Kilkenny (Irland), Aarhus (Dänemark), Mons (Belgien), Moskau (Russland), Lahden (Finnland), Toyama, Kanazawa und Ogaki (Japan), Paris (Frankreich), Mexico City, Tel Aviv (Israel), New York und Connecticut (USA), Wien (Österreich), Zürich (Schweiz) …. (Mit freundlicher Genehmigung der Familie aus einer unveröffentlichten Zusammenstellung über das künstlerische Werk des Künstlers zitiert).

Seine Arbeiten befinden sich zu Teilen in öffentlichen und privaten Sammlungen, wie zum Beispiel im internationalen Plakat-Archiv in Wien. Ein Werkverzeichnis seines künstlerischen Schaffens fehlt bisher – aus meiner Sicht ein Desiderat der kunstgeschichtlichen Forschung.

Heribert R. Brennig, Argenthal und Schnorbach, am 13. März 2024

Über den Autor

Der Autor hat sich während seines Studiums mit Philosophie und Kunstgeschichte, vor allem aber mit mittelalterlicher und neuerer deutscher Literatur beschäftigt. Nach dem Ablegen seiner Examina war er in der Abteilung für Presse- und Öffentlichkeitsarbeit eines Konzerns angestellt. Er hat einige fachspezifische Aufsätze veröffentlicht. Dies ist seine erste Novelle.

Stiertreiben

Ein Dorf nicht weit von Avignon, ein Haus in den Hügeln, die einzigartige Kulturlandschaft der Provence, unblutige Stiertreiben und auf den Erhebungen um Marseille weidende Ziegen bilden den Hintergrund einer Liebesgeschichte zweier Jungen, die im August 2019 ihren Anfang nimmt, die persönliche und gesellschaftliche Krisen des Katastrophenjahres 2020 übersteht und die ein Jahr später ihre Erfüllung findet. Die Liebe der beiden Jungen hat Bestand. Aber die Idylle zerbricht. Nichts ist so, wie es zu sein scheint. Alles ist verdreht. Selbst das Ende. Sebastian und Enzo scheinen sich zu verlieren. Aber ist es nicht so, dass sie sich eigentlich finden? Genau wie Enzos Vater Michael, der seinem vor langer Zeit verlorenen Freund Andreas wiederbegegnet. Die Geschichte, die 2019 beginnt, endet am 1. Januar 2023.

Aus dem Inhalt: Es geht stürmisch zu, als Enzo und Sebastian in den Hügeln zueinander finden: „Thymian, Moose und Wildkräuter /…/ verströmten ihren Duft, als Enzo und Sebastian sich auf der weißen Decke über ihnen liebten, vom Nachmittag bis tief in die Nacht. Es ging laut zu, was niemanden störte. Füße gruben sich in den Boden, Büsche wurden ausgerissen, Halme niedergewalzt". Aber sie gehen auch sanft und zärtlich miteinander um, später im Ferienhaus. „Die Sonne sickerte durch Lamellen, Spalten, Risse geschlossener Fensterläden. Mildes, kühles, frisches Halbdunkel. Magischer Schimmer. Wandernde Lichtreflexe, tanzende Schatten, Geflimmer durch den sich bewegendem Oleander vor ihrem Zimmer. Im Spiel dieses Lichts, diesem filigranen Netz, gewebt aus zitterndem Licht und Schatten, dem Boden eines dicht belaubten Waldes gleichend, küssten, berührten, liebten sie sich. Sie schliefen miteinander, ruhten sich aus, wandten sich wieder einander zu. Voller Hingabe. Ohne Eile. Dafür zärtlich. Sanft. Zwei Schmetterlinge, die sich umschwärmten. Zwei junge Geparden, die sich balgten. Das wenige, das sie sich flüsterten, waren mit Worten gemalte Bilder". /…/ Sebastian hatte Enzo in dieser Nacht das Tor zum Paradies aufgestoßen. Jenes einzige, das uns Sterblichen auf Erden zugänglich ist. Die Zeit schien still zu stehen. Was hinter oder vor ihnen lag, spielte keine Rolle. Nur der Moment war wichtig. Sie hielten ihn fest, dehnten ihn aus, erwischten einen Zipfel Ewigkeit."

© 2023
Books on Demand
ISBN: 978-3757890667

Schneetreiben

Marie Sophies Mann Christopher und ihr Sohn Philip sind vor einem Jahr und acht Monaten zu einer Reise aufgebrochen, von der sie jedoch nicht zurückgekehrt sind. Gründe dafür, dass beide nicht zurück nach Hause kommen sind denkbar, aber trotzdem ist Marie Sophie ratlos. An ein Verbrechen jedenfalls denkt sie nicht. Dann aber steht Jan Berger vom BKA vor der Türe, zeigt Marie Sophie das Foto eines toten Jungen, dem die Zeit seiner Leiden anzusehen ist, und behauptet, es sei ihr Sohn. Marie Sophie streitet das energisch ab. Sie kann und will ihn nicht identifizieren. Doch Jan Berger ist sicher. Er will Marie Sophie überzeugen, wovon er überzeugt ist. Das gleiche, nur vom Gegenteil, versucht auch Marie Sophie. Beide ringen in diesem kriminalistischen Kammerspiel um ihre Version der Wahrheit.
Der Vermisstenfall wird zu einer Kriminalgeschichte mit politischem Hintergrund. Eine tragische Geschichte, in der das Böse im Guten liegt und Gutes mit Bösem vergolten wird.

Aus dem Inhalt: Von dem Glanz, der ihn einmal umgeben hatte, war nichts mehr zu sehen. Er hatte jede Ähnlichkeit mit sich verloren. Selbst Marie Sophie, seine Mutter, hatte ihn nicht wiedererkannt, ihn nicht identifizieren können. Sie schloss, als ihr das Bild vom Fundort aus Süddeutschland vorgelegt wurde, kategorisch aus, dass er es war. Ein Irrtum war unmöglich. Sie war schließlich seine Mutter. Und eine Mutter kennt ihr Kind, wenn sie es liebt. /…/

Sie war stolz auf Philip, hatte ihn oft, ohne dass er es merkte, bewundernd angeschaut, um sein Bild und sein Wesen in ihr Gedächtnis einzubrennen, bevor sie ihn nach und nach verlieren würde, ihn mehr und mehr mit anderen teilen müsste. Noch verbrachte er seine Abende zu Hause. In wenigen Jahren würden Freunde ihn ganz mit Beschlag belegen. Er würde mit seiner ersten Freundin so viel Zeit wie möglich verbringen, und dann bald eigene Wege gehen. Sie konnte sich nicht vorstellen, dass ihre Freude über die gewonnene Tochter den Kummer über den Verlust ihres Sohnes jemals aufwiegen würde. Daher hatte sie ihn angeschaut, solange er noch ganz ihr gehörte und wusste deshalb genau, wie und wer er war. Besser als jeder andere. Ein Forensiker mochte der Meinung sein, was immer auch ihn dazu bewogen haben mochte, der aufgefundene Junge sei ihr Sohn. Aber gegen diese Meinung setzte sie die Gewissheit einer Mutter, dass er es keinesfalls war, dass er es nicht sein konnte.

/…/. Diese Leiche mit Philip zu verwechseln und sie mit einem Toten zu erschrecken, mit dem sie augenscheinlich nichts zu tun hatte, erschien ihr ungeheuerlich, grausam, brutal. Eine Fehlleistung der Behörde, die schlecht arbeitete und die ihr durch Berger im ersten Moment einen fürchterlichen Schrecken eingejagt hatte: „Guten Tag. Ich habe ihnen eine traurige Mitteilung zu machen. Wir haben ihren Sohn gefunden. Er ist tot. Mein aufrichtiges Beileid." Als er dies sagte hatte er ihr das Foto dieses fremden, ihr völlig unbekannten Toten gezeigt.

© 2023
Books on Demand
ISBN: 978-3758315299

Wunschsohn

Alles ist außergewöhnlich an Felix Jona. Auch seine Phantasien. Wer kommt schon darauf, dass im ersten Paradies zwei Adams von GOTT erschaffen wurden? Und dass der Baum, aus dem die Schlange gesprochen hat, kein Apfelbaum war, sondern mit Sicherheit ein Ginkgobaum gewesen sein muss? Und dass, davon abgesehen, „ER" da oben so ist wie „er" hier unten? Wer sonst würde es schaffen, sich mit Paläo zu befreunden, dem oder einem der ersten Street Art Künstler, der vor vierzigtausend Jahren gelebt hat? Außergewöhnlich sind die Höhenflüge von Felix Jona. Er schließt nicht aus, etwas mit Engeln zu tun zu haben oder sogar mit Göttern. Aber ebenso außergewöhnlich ist auch sein Absturz, als er auf seiner ersten Klassenfahrt erfahren muss, dass es kompliziert und mit Schwierigkeiten verbunden ist, anders als die anderen zu sein. Auf einmal wird es zum Problem, dass er nicht „so" ist **oder** „so", wie die meisten. Sondern dass er „so ist **und** so", wie nicht viele. Nachdem er herausgefunden hat, wie die Menschen früher mit „Seinesgleichen" umgegangen sind, verliert er den Boden unter den Füßen. Seine Welt bricht zusammen und in seinem Inneren erheben sich Monster gegen ihn.

Erst in den Ferien bei seinen Großeltern im Périgord findet er zu sich selbst und ist bereit, sich anzunehmen und neu anzufangen. Als ihn seine Eltern, die ihren Urlaub in der Provence verbracht haben, dort abholen, ist er wie verwandelt. Nach seiner Rückkehr nach Deutschland gelingt sein Leben. Er findet nicht nur zu sich selbst, sondern erfährt die erfüllte körperliche Liebe.

Aus dem Inhalt: „Als das Kind zur Welt kam, war die Hebamme irritiert. Sie bat diskret, um die Mutter nicht zu beunruhigen, den diensthabenden Gynäkologen und Chefarzt, der einen weit ins Umland hinausreichenden exzellenten Ruf genoss, in den Kreißsaal zu kommen. Aber selbst ihm war es nicht möglich, das Geschlecht des Kindes eindeutig zu bestimmen. Das hübsche Kind hatte Merkmale, die dem weiblichen, und Merkmale, die dem männlichen Geschlecht zuzuordnen waren. Die Untersuchung des Blutes in der Nabelschnur, die er veranlasste – so ließ sich vermeiden, das neugeborene Baby unmittelbar nach seiner Ankunft in der Welt mit einer Spritze zu traktieren, um ihm Blut abzunehmen –, konnte zwar einen ersten Aufschluss geben. Aber mehr als einen Hinweis lieferte auch die Bestimmung der Chromosomen nicht. „Im Übrigen ist die Zugehörigkeit zu einem Geschlecht /…/ nicht nur eine Sache des Chromosomensatzes. Da gibt es auch noch eine Reihe anderer Komponenten. Auch die Erziehung, nur um ein Beispiel zu nennen, spielt eine Rolle. /…/ Ich verstehe, dass Sie im Augenblick verunsichert und besorgt sind oder vielleicht sogar unglücklich. Aber dafür gibt es keinen Grund. Sie haben ein hübsches, gesundes, intersexuelles Kind. Das ist eine seltene, aber bekannte Variation der Geschlechtlichkeit. Es ist keine Krankheit, nichts Fehlerhaftes."

© 2023
Books on Demand
978-3758324321